# gardien de chien

Texte de Sue Walker

Illustrations de Beth Norling

Texte français de Danielle Lewi

Éditions
**SCHOLASTIC**

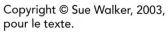

Copyright © Sue Walker, 2003,
pour le texte.

Copyright © Beth Norling, 2003,
pour les illustrations.

Conception graphique de la couverture :
Lyn Mitchell.

Copyright © Éditions Scholastic, 2005,
pour le texte français. Tous droits réservés.

Texte original publié par Omnibus Books,
de SCHOLASTIC GROUP, Sydney, Australie.

Catalogage avant publication de Bibliothèque
et Archives Canada

Walker, Sue
Julien, gardien de chien / Sue Walker;
illustrations de Beth Norling;
texte français de Danielle Lewi.

Traduction de : The Dog Sitter.
Pour les 7-9 ans.
ISBN 0-439-94815-0

I. Norling, Beth  II. Lewi, Danielle, 1946-  III. Titre.

PZ23.W36Ju 2005      j823      C2005-903019-4

Édition publiée par les Éditions Scholastic, 175 Hillmount Road,
Markham (Ontario) L6C 1Z7 CANADA.

6 5 4 3 2 1     Imprimé au Canada     05 06  07  08

*Pour Eloise, Alexander et James,*
*les sources de mon inspiration — S.W.*

*Pour Trish et Nina,*
*gardiennes de notre chienne*
*Millie Sunshine, alias Millie Stormcloud –*
*pendant si longtemps! — B.N.*

## Chapitre 1

Julien lit l'affiche dans la vitrine de l'animalerie.

*Recherchons gardien de chien!*
*Nous avons besoin de quelqu'un*
*qui s'occupera de Samson*
*pendant notre semaine*
*de vacances.*

Il y a une photo d'un gros chien.
On dirait qu'il sourit.

Pour son dernier anniversaire,
Julien voulait un chien. Ses
parents lui ont dit : « Non, quand
tu seras plus grand. » Maintenant,
il est plus grand. Il pourrait peut-
être s'occuper de ce chien.

Julien rentre très vite à la maison. Il veut avoir ce travail avant que quelqu'un d'autre le demande.

## Chapitre 2

Julien et ses parents regardent l'affiche dans la vitrine.

— Ils ont besoin d'un gardien pendant une semaine seulement, dit Julien. Et c'est pendant les vacances scolaires. Je pourrais jouer avec le chien toute la journée.

— Les chiens ne font pas que
s'amuser, dit sa mère. Il te
faudrait le promener tous les
jours.

— Je sais, maman. Je vais le
faire.

Le père de Julien le regarde
d'un air sérieux.

— Ce sera à toi de t'en occuper,
dit-il. Est-ce qu'on est d'accord?

— D'accord, répond Julien en
serrant la main de son père.

Il allait sûrement avoir les
meilleures vacances de sa vie!

## Chapitre 3

Le samedi suivant, Julien et ses
parents vont chercher Samson.
Quand Julien frappe à la porte,
il entend un chien aboyer.

La porte s'entrouvre et aussitôt, Samson jaillit. Il est gros, très gros!

Samson se jette sur Julien. Il lui lèche le nez. Il lui lèche les yeux. Il lui lèche la bouche. Puis il bave sur son chandail.

— Il t'aime bien, c'est évident,
dit le maître de Samson.

Samson saute dans la voiture.
On dirait qu'il sourit. Son maître
salue de la main la famille de
Julien!

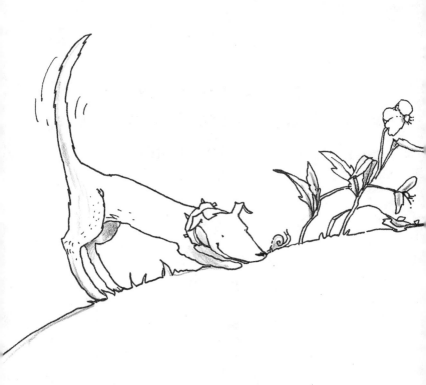

## Chapitre 4

Chez Julien, Samson fait le tour
de la cour. Il renifle tout. Il piétine
les fleurs de la mère de Julien.
Puis il s'accroupit sur l'herbe pour
faire ses besoins.

Le père de Julien tend à celui-ci
une petite pelle et un sac en
plastique.

— C'est pour quoi faire?
demande Julien.

— Pour ramasser, mon garçon.

Cette partie du travail ne plaît
pas du tout à Julien!

Dès qu'il a fini, Julien passe une laisse au cou de Samson.

Samson tire Julien jusqu'à la clôture. Puis il le traîne jusqu'au parc.

— Reposons-nous un peu, mon vieux, dit Julien.

Il attache la laisse à un banc.

Samson entend un chien aboyer
et lui répond. Il saute et aboie.
Il tire si fort sur sa laisse qu'elle
se casse.

Samson file vers l'autre chien.

— Arrête-toi, Samson! Arrête-
toi! hurle Julien.

Samson s'enfuit à toute allure.
On dirait qu'il sourit.

Les deux chiens courent à
travers le parc avec Julien
à leurs trousses.

Lorsque Samson s'arrête pour lever la patte contre un arbre, Julien le rattrape. Il saisit la laisse cassée.

— Allez, mon vieux, dit-il. Il est temps de rentrer à la maison.

## Chapitre 5

Julien est fatigué, et il a mal
aux bras. Il a donné à manger
à Samson, l'a brossé et lui a fait
un lit dehors. Puis il est allé se
coucher. Mais il ne peut pas
dormir. Samson n'arrête pas
de gémir.

Julien enfile sa robe de
chambre et ouvre la porte de
derrière. Samson lui saute dessus.

— Qu'est-ce qui ne va pas, mon vieux? demande Julien. Tu te sens seul?

Samson semble hocher la tête.

— Bon, viens avec moi, dit Julien.

Julien retourne dans sa chambre
sur la pointe des pieds, tenant
Samson par son collier. Il ferme
la porte, et Samson saute sur
le lit.

— Il faudra que tu sortes avant que papa et maman se réveillent, dit Julien. D'accord?

— Ouaf! fait Samson.

## Chapitre 6

Le réveil de Julien sonne très tôt.
Sa chambre sent mauvais. Julien
allume la lumière et voit une
grande tache mouillée sur le tapis.

— Oh non! s'écrie-t-il. À partir de maintenant, tu dors dehors.

Il attrape Samson par son collier et le ramène dehors.

Julien trouve le shampoing à tapis. Il retourne dans sa chambre sans faire de bruit et vaporise la tache mouillée.

Ensuite, il va chercher un chiffon et frotte le tapis. Il est toujours mouillé, mais au moins, il ne sent plus mauvais.

## Chapitre 7

Tous les matins, Julien donne à
manger à Samson. Puis c'est la
corvée du caca avec le sac et
la pelle. Ça sent mauvais, alors
Julien essaie de ne pas respirer.

Après le déjeuner, Julien
emmène Samson au parc avec
son ami Paul. Paul a apporté une
autre laisse. Samson ne pourra
pas les tirer tous les deux!

Au parc, Julien attache une longue corde au collier de Samson.

Chacun leur tour, les garçons lancent un frisbee au chien. Parfois, Samson saute très haut pour l'attraper. Il manque même faire un saut périlleux en arrière!

## Chapitre 8

Le vendredi, Julien rend visite à sa grand-mère. Il laisse Samson à la maison, dans la cour.

À son retour, il constate que
Samson a saccagé la cour.

Il y a un gros tas de terre
devant le trou que Samson a
creusé dans la pelouse.

Le potager de la mère de Julien
est tout piétiné.

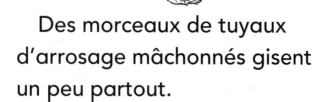

Des morceaux de tuyaux
d'arrosage mâchonnés gisent
un peu partout.

Samson a même décroché les caleçons de papa de la corde à linge!

Mais, pire que tout, il a mordillé les pneus du vélo de Julien.

Samson est assis tranquillement.
Il regarde Julien de ses yeux bruns.

Julien lui caresse la tête.

— Ne t'en fais pas mon vieux,
lui dit-il. Je sais que tu ne l'as pas
fait exprès.

Quand Julien finit de nettoyer la
cour, il fait nuit.

## Chapitre 9

Le samedi, Julien s'habille
lentement. C'est aujourd'hui qu'il
doit ramener Samson chez son
maître.

Il prépare le déjeuner de
Samson et sort.

— Samson! appelle-t-il.

Samson ne vient pas.

Julien
regarde
derrière
la remise.

Il regarde
sous les
buissons.

Il ne trouve pas Samson. Mais il découvre un trou. Le trou a été creusé sous la clôture.

Samson est parti!

Julien et Paul le cherchent
partout dans la rue.

Ils vont au parc.

Ils ne trouvent Samson nulle
part.

Julien sait que c'était à lui de s'occuper de Samson. Que va-t-il dire à ses parents? Que va-t-il dire au maître de Samson?

## Chapitre 10

Julien arrive devant la porte de
la maison de Samson. Ses parents
se tiennent derrière lui quand
il frappe.

La porte s'entrouvre et un nez
apparaît, un nez noir et brillant.
Puis la porte s'ouvre toute
grande.

# C'est SAMSON!

Samson se jette sur Julien. Il lui
lèche le nez. Il lui lèche les yeux.
Il lui lèche la bouche. Puis il bave
sur son chandail.

Julien est très heureux.

— Comment es-tu venu ici? Je me suis fait beaucoup de souci.

— Il est arrivé juste avant toi, dit le maître de Samson. Il devait savoir que nous étions de retour!

## Chapitre 11

Julien s'ennuie beaucoup de
Samson. Alors, le jour de son
anniversaire, ses parents lui font
une surprise. Ils l'emmènent à
l'animalerie.

— Tu es assez grand
maintenant pour te choisir un
animal, lui dit son père.

Julien caresse les chiots. Il
chatouille le ventre de l'un d'eux.

Il regarde ensuite les chatons, serrés les uns contre les autres dans leur panier. Les chatons ronronnent quand il les caresse.

Il voit des souris dans une cage. Elles couinent quand Julien approche son visage du grillage.

Un cacatoès est juché sur son
perchoir. Il crie en regardant
Julien.

Des petits poissons nagent
silencieusement dans les
aquariums.

Julien refait le tour de l'animalerie et s'arrête près des chiots. Il regarde ses parents.

— J'ai fait mon choix, dit-il.

— Bien, Julien. Qu'est-ce que tu as choisi?

— Un bernard-l'ermite, répond
Julien. Je crois que j'aurai un
chien quand je serai plus grand.

## Sue Walker

Un chien, c'est souvent ton meilleur ami. Quand j'étais petite, nous avions une chienne qui s'appelait Mitzie. C'était le chien le plus intelligent du voisinage. Elle nous suivait partout. Elle faisait partie de la famille! Et elle se comportait beaucoup mieux que Samson.

Mes enfants aussi adorent les chiens. Parfois, quand nous allons magasiner, nous nous arrêtons à l'animalerie pour voir les chiots. Un jour, j'ai vu une affiche dans la vitrine : une famille partait en vacances et cherchait un gardien pour s'occuper de son chien pendant son absence. Cette affiche m'a fait réfléchir – et j'ai écrit cette histoire.

**Beth Norling**

Un jour, nous avons offert un chiot tout doux à nos enfants. C'était une femelle, et nous l'avons appelée Millie. Deux semaines plus tard, elle n'était plus douce du tout. Elle a commencé à mordre tout le monde. Elle adorait courir. Nous l'emmenions souvent se promener, mais elle n'était jamais fatiguée.

Heureusement, nos amies Trish et Nina adorent les animaux. Elles ont adopté Millie et l'ont emmenée à leur ferme, où vivaient déjà tous leurs autres animaux. Elles ont des cochons, des serpents, des chouettes, des poules, un coq très affectueux et des tas d'autres chiens. Millie peut maintenant courir autant qu'elle veut. Et nos enfants lui rendent visite aussi souvent qu'ils le souhaitent!

# As-tu lu ces petits romans?

- ☐ Attention, Simon!
- ☐ La Beignemobile
- ☐ Éric Épic le Magnifique
- ☐ Follet le furet
- ☐ Un hibou bien chouette
- ☐ Isabelle a la varicelle!
- ☐ Jolies p'tites bêtes!
- ☐ Une journée à la gomme
- ☐ Marcel Coquerelle
- ☐ Pareils, pas pareils
- ☐ Parlez-moi!
- ☐ Quel dégât, Sun Yu!
- ☐ Quelle histoire!
- ☐ La rivière au trésor